이것은 농담에 가깝습니다

이명윤

시인의 말

어느 시인처럼 진심과 반성을 담은
시를 쓰고 싶었으나,
아직도 감당할 역량이 되지 않는다.

그 속상함이 하루하루 시를 쓰게 한다.

그 부끄러움이 눈처럼 쌓이더니,
어느 날 세 번째 시집을 낳았다.

2024년 봄
이명윤

이것은 농담에 가깝습니다

차례

2부 데스 매치

3부 유리창에 적힌 글자

4부 서러운 마음은 죽어도 펄펄 눈을 뜨고 있다

해설

　　—김재홍(시인·문학평론가)

1부

우는 사람 옆에 우는 사람

귀

사람이 죽어도 얼마 동안, 귀는 싱싱한 이파리처럼 살아 있다고 한다. 심장도 멎고 팔다리도 고무처럼 축 늘어졌는데 듣고 싶은 것이 무엇인지, 눈도 뜨지 못하고 입술은 또 거멓게 변해 가는데 신기하게 살아 있다고 한다. 친구들 발자국 소리? 엄마가 부르는 소리? 무슨 소리가 귓바퀴를 타고 흘러들기를 기다리는 건지, 대체 뭐가 그렇게 궁금한 것인지, 모든 불이 꺼지고 칠흑 같은 어둠만 깃들어 차갑게 숨이 식어 가는 빈집에서 귀는 끝내 고집을 부리며 저 홀로 남아 도둑고양이처럼 세상을 엿듣고 있다고 한다.

고라니가 우는 저녁

고라니가 운다 오래전
이불 밑에 묻어 둔 밥이라도 달라는지
마을의 집들을 향해 운다
사람의 울음을 고라니가 우는 저녁
몸속 울음들이 온통 애벌레처럼 꿈틀거린다
수풀을 헤치고 개울을 지나
울타리를 넘어 달려오는
울음의 발톱이 너무도 선명해서
조용히 이불을 끌어당긴다
배고파서 우는 소리라 하고
새끼를 찾는 소리라고도 했다
울음은 먼 곳까지 잘 들리는 환한 문장
지붕에 부뚜막에 창고에 잠든
슬픔의 정령이 일제히 깨어나는 저녁
나는 안다 마당의 개도 목련도
뚝 울음을 그치고
달도 구름 뒤에 숨는 오늘 같은 날엔
귀먹은 뒷집 노인도

한쪽 손으로 울음을 틀어막고
저녁을 먹는다는 것을

사라진 심장

그들은 머리에 총을 쏘지만 혁명은
심장에 있다는 것을 알지 못한다,
라는 시를 쓴 미얀마의 한 시인이
무장 군인에게 끌려간 다음 날,

장기가 모두 적출되고 심장이 사라진 채
가족의 품으로 돌아왔다

어느 컴컴한 건물에 심장을 남겨 두고
정육점에 걸린 고깃덩어리처럼
거죽만 헐렁헐렁 남은 몸이 돌아왔다

심장이 사라진 몸을 어떻게 해석하고
이해할 수 있는지
뉴스에선 말해 주지 않았다

얼마나 많은 꽃잎을 덮어야 저 슬픔이
채워질 수 있는지

우리는 알지 못한다 다만
그가 쓸쓸히,
아무도 모르는 먼 길을 다녀왔다는 것

굶주린 하이에나가 이빨을 드러내는
어둠과 공포의 길
인간의 심장이 검은 봉지에 담겨
버려지는 절망의 길 위에서

홀로 우는 심장, 미얀마여

그 깃발,
그 눈동자,
그 외로움,

옥수수밭의 물고기

그 동네 옥수수밭 고랑에는
뜬금없이 검붉게 녹슨 물고기 조각상이
이방인처럼 우뚝 서 있었다
물고기를 철골로 제작한 사람은
무슨 단단한 생각을 했을까
어지럽게 공중을 돌던 잠자리가
지느러미에 앉았을 때
물고기는 어떤 표정을 지었을까
거친 파도와 심해의 시간을
옥수수밭에 심어 놓은 사람
도무지 눈이 젖지 않는 물속을
의아하게 헤엄치는 물고기
신기한 듯 쿡쿡 얼굴을 쪼는 새
금속 비늘 위를 폴짝 올라타던 여치
괴이한 형상이 무서워 그만
뒤돌아 뛰어간 시골 아이
옥수수밭 행성에는 동화처럼
많은 일들이 펼쳐지고

수많은 생각이 푸른 물결로
물고기의 등짝을 다녀갔을 것이다
다시 별이 뜨고
다시 태양이 지고
아가미로 맡는 흙냄새가 지루해
하품이 쏟아지는 날에도
아랑곳없이
열매는 탱글탱글 익어 갔을 것이다
가끔 먼바다에서 온 바람이
물고기의 감긴 눈을 핥을 때에도
미동조차 하지 않았을 것이다
바다와 옥수수밭,
어느 세계에도 스며들지 못한
물고기의 생각은 쓸쓸히
공중에서 녹슬어 갔을 것이다

완벽한 계절

하루는 뒷집 노인이 마당가 평상에 앉아
기척에도 아랑곳없이
화투 퍼즐*을 맞추고 있었다
제자릴 찾아 눕는 조각들이 신기한 듯
귀신같은 표정을 지으며
조물조물 손바람을 낸다
단단히 조각을 움켜쥔 손은
차례를 기다리는 조각들을
힐끗 훔쳐보기도 하고
검버섯 가득 핀 손은 부지런히
나무도 새 울음도 서울 사는
아들 내외도 모른 척 숨어 있을
검은 산을 짓는다
굴곡 많은 표정일수록 애살맞고
날카로운 돌부리는 돌부리에 박힌
허공이 있어 맞추기 쉽다
우여곡절 굽은 허리도
물결로 안아 주니 감쪽같이 펴지고 있다

오랫동안 맞춰 본 듯 눈빛이 척척이다
잠시 붉은 달빛 한 조각에
갓 시집온 스무 살로 돌아간 듯
파르르 손끝이 떨리는가 싶더니
이내 고개를 설레설레
솔바람에 춤추는 나뭇잎처럼
흥을 타던 노인의 손은
빠르게 동산 위의 달을 향하고 있다
꿀꺽 마른침 삼키는 소릴 따라
둥둥, 조각이 조각을 찾아가고
마침내 모두가 한 자리씩 차지해
눈빛을 뽐낼 무렵이었다
노인은 한참 두리번대다
무릎 밑에서 용케 찾은 조각을
가슴팍 구멍에 떡하니 붙이더니
아, 금방이라도 한꺼번에 우르르
쏟아질 것 같은 헐렁한 얼굴이 되어
내게 외치는 것이었다

보소, 꼼짝없이 팔광이여!

*치매 예방용.

목련

그날* 식당에 모여 사진을 기다리던 엄마들이 모처럼 해맑게 웃었습니다.
수십 개의 얼굴이 떠 있는 하늘,
단체사진 속에서 아이들은 아이들로 피어납니다.
여기 있네, 여기 있네, 너무도 닮은 얼굴들 사이
얼굴을 찾아낸 손가락마다 햇살이 가득합니다.
얼굴 옆에 얼굴이 있어 얼마나 다행인가요.
얼굴과 얼굴이 서로 정다워서 얼마나 든든한지요.
튼튼한 액자에 담았으니
이제 세찬 비바람도 끄떡없을 겁니다.
그러니 음식이 더 식기 전에 드세요…
그리운 얼굴들, 저들끼리 북적북적 환하게 건너는 봄날입니다.

* 세월호 이후를 다룬 영화 〈생일〉의 한 장면.

21

안녕 하셉

출근길 두 팔을 힘차게 흔들며 지나가는
길 위의 하셉, 안녕 하셉
하셉은 듣지 못한다
나는 창문을 닫고 중얼대니까

어느 먼 나라에서 온 한 눈에도
건강한 하셉 턱수염이 멋진 하셉

오늘도 어제처럼 멋진 작업복을 입고 걸어가는
길 위의 하셉, 안녕 하셉
하셉은 알지 못한다
내가 만든 이름이니까

한동안 하셉이 궁금했다 출입국사무소
점심 메뉴가 궁금한 것처럼

몸이 아파도 하셉은 울지 않을 것 같다
울어도 소용없겠지

하셉은 너무 흔한 이름,

저기 씩씩하게 걸어오는 하셉
얼굴이 바뀐 하셉

최선을 다해 걷는 하루는 어떤 감정일까
하셉의 출근길을 번역할 수 없다
출근길은 너무 멀고 하셉은 계속될 테니까

창문 너머 사는 나라
길 위의 하셉,
안녕, 우리들의 하셉

억새들

모처럼 가벼워진 세상의 발들이
구름 위를 걷고 있었고
한 떼의 바람이 기병들처럼 키를 훌쩍 넘어
풀숲으로 달려가고 있었다

울음은 시야가 탁 트인 언덕에서
서식하고 있었는데
언덕에서는 울음도 마냥 즐거운 놀이가 되었다
온종일 뒹굴어도 아이들처럼 지치지 않는
울음의 자세가 부러웠다

뚝, 하면 금방 그칠 것 같은
순하고 부드러운 줄기가 좋아
사이를 비집고 가만히 억새로 서자
순간 공중으로 날아올랐다

울음은 출렁이는 긴 악보를 가지고 있었다
누가 울음을 연주하는지 왜

모두들 울음을 따라 우는지 몰라도 좋았다

우는 사람 옆에 우는 사람,
서로를 기댄 등이 따뜻해 보여 좋았다

실컷 울고 나면 하늘은 맑아지고
계절은 또 한 번 바뀔 것이다

나는 울음을 타고 훨훨
세상 밖으로 날아갔다

울음은 얼굴 전체가 깃털이었다

오빠들이 좋아 산동입니다
—여순사건 희생자, 故 백부전 님을 추모하며

장롱에서 발견한 한 장의 가족사진에는
맨 왼쪽 다소곳이 손을 모은 내가 있고
오빠들은 정답게 오른쪽에 서 있습니다
큰오빠 일제 징용으로 죽고
작은오빠 여순사건으로 죽고
막내오빠마저 부역 혐의로
집안의 대가 끊길 지경이 되자, 어머니
어둠 속에서 차마 못 할 말을 꺼내었지요
순례야, 네가 가면 안 되겠느냐

잘 있거라 산동아 너를 두고 나는 간다
열아홉 나이에 처형장 가며 불렀던 노래
무서워서 한 소절 서러워서 한 소절
노고단 골짝에서 이름 없이 쓰러진 노래
아무도 몰래 깊은 산속 꽃씨로 남았다지요
입 밖에 내면 빨갱이로 잡혀갈 것 같아
모두가 쉬쉬하며 인적 끊긴 돌담길에
바람 부는 풀숲에 꼭꼭 숨겼다지요

사진 한가운데 바위처럼 앉은 어머니가
가만히 고개를 돌려 저를 봅니다
어머니 슬퍼 마세요, 산이 좋아 산동입니다
오빠들이 좋아 산동입니다
산동 산동 들녘마다 산수유꽃 피면
노래는 마법처럼 다시 시작될 걸 알아요

우리 순례 입술이 이렇게나 이뻤구나,
사람들이 하나둘 따라 부르면
산동 산동 바람 따라 꽃잎이 흔들리면
아무도 몰랐던 우리들의 이야기가
지리산 만복대 억새를 타고 두둥실
구름 따라 전해질 걸 알아요

아직도 그때 세상이 진압하려 한 것이
무엇인지 알 수 없지만, 오랏줄에 묶여
떨어지지 않던 발걸음마다 고인

열아홉 눈물 닦아 줄 걸 알아요 어른들이
정말 미안했다고, 모두가 입을 모으고
제 이름 부르며 제 노래 들으며
바람처럼 함께 울어 줄 걸 알아요

독거노인이 사는 집

　　그날 복지사가 무심코 내뱉은 한마디에 노인이 느닷없는 울음을 터뜨렸을 때 조용히 툇마루 구석에 엎드려 있던 고양이가 슬그머니 고개를 들고 단출한 밥상 위에 내려놓은 놋숟가락의 눈빛이 일순 그렁해지는 것을 보았다. 당황한 복지사가 아유 할머니 왜 그러세요, 하며 자세를 고쳐 앉고 뒤늦게 수습에 나섰지만 흐느낌은 오뉴월 빗소리처럼 그치지 않았고 휑하던 집이 어느 순간 갑자기 어깨를 들썩거리기 시작했다. 이게 대체 뭔 일인가 싶어 주위를 둘러보니, 벽에 걸린 오래된 사진과 벽시계와 옷웃 한 벌과 난간에 기대어 있던 호미와 마당가 비스듬히 앉은 장독과 동백나무와 파란 양철 대문의 시선이 일제히 노인을 향해 모여들어 평평, 서럽게 우는 것이었다.

알람

새처럼 창문에 날아드는 손,
꿈속까지 나타나 귀를 잡아끄는 손
경쾌하게 리듬을 타고
빙글빙글 허공을 돌더니
벽 속으로 사라지는 손
손을 잃고 새 손을 저장합니다
나는 선택할 손이 아주 많습니다
손가락이 길수록 끈질길수록
유년의 어머니와 잘 어울리지요
손바닥을 잎사귀처럼 볼에 대고
비빌 수 없다는 것이 가끔 아쉽습니다
지구 끝까지 이불을 덮고
다시 숫자를 세면,
우르르 사방에서 쏟아지는 손
방 안을 정신없이 걸어 다니는 손
슬그머니 이불 속에 들어와
팔을 당기고 발바닥을 간질이는 손
불현듯 커튼을 열어젖히고는

먼지에 콜록콜록 손사래를 치는 손
얼굴이 없는 얼굴처럼
만질 수 없는 차가운 시간의 손
따뜻한 벙어리장갑을 끼워 주면
식은땀 흐르는 이마를
만져 줄 수 있을까요
오늘 하루는 푹 쉬어야겠네,
귀에 대고 말해 줄까요

꿈

어느 호숫가 잠자던 돌 하나를
손바닥에 쥐었을 때
돌은 깜짝 설레는 눈을 떴다

공중은 힘껏 두 팔을 벌렸고
간절한 손의 표정을
얼굴에 새긴 채 날아가는 돌,
돌은 생각한다 생각은 가슴에서
푸른 바람을 꺼내고
생각은 포물선 따위나 그리며
무표정한 호수로 추락하지 않았다
생각은 물 찬 제비처럼
호수를 지나고
숲을 지나고
고층 아파트 사이를 빠르게 지나
흰 구름 속으로 훌쩍 날아올랐다
첩첩산중이 쓰는 소설처럼
생각의 긴 눈썹을

휘날리며
아득히 먼 곳을 날아가는 돌
당신은 비문처럼
까마득히 잊었겠지만
돌은 생각한다,
돌은 생각한다,
영원히 사라지지 않을 쓸쓸한
공중의 돌

물끄러미 손바닥 지도를 따라가다
고갤 들어 창밖을 보면

검푸른 밤하늘에 반짝이는
수많은 당신의,

당신이 다시 벚나무로 태어나

수천 개의 고운 눈으로 나를 봤으면 해
사람들의 걸음마다 당신이 피어 있고
거리를 흐르는 노래 가사에도
당신의 이름이 있었으면 해
바람에 흔들려 툭, 어깨 위로
내려앉는 꽃잎이
당신이 행복해서 그만 무심코 떨어뜨린
한 방울 눈물이었으면 해
더 이상 사람들은
저녁 뉴스에 놀라지 않을 테고
아무도 찾지 않던 골목길 창가로
기웃기웃 가지가 안부처럼 뻗어 가겠지
당신은 세상에서 제일 큰 밥상을
공중마다 칸칸이 눈부시게 차려 놓고
아아, 배불러 터지겠다
우르르 몸을 비틀 때마다
세상이 큰 환호를 질렀으면 해
교복을 입은 아이들이 거리낌 없이

고독했을 당신의 등에 마구 기대어
봄날의 사진을 찍었으면 해
다시 벚나무로 태어나 당신은
당신을 하얗게 잊고
우리는 봄비처럼 아름답고 평화로운
당신의 엔딩을 가졌으면 해

꽁치 통조림

　서러운 눈빛은 뭇별처럼 먼 곳을 걷는다더니 어느 날 느닷없이 공장에서 해체되고 조림 당한 감정이 낚시 마트의 봄 칸, 가을 칸, 지나는 동안 묵묵부답 앉아 창밖만 넋 놓고 바라보더니 누군가 번쩍 들어 거꾸로 뒤집어 놓았을 때도 억울하게 붙잡힌 밀정의 눈빛처럼 도무지 꿈쩍 않더니 눈 내리는 어느 겨울 바닷가 꽁꽁 얼어붙은 손을 호호 불며 하루를 허탕 친 낚시꾼들이 귀먹은 천재 음악가의 교향곡처럼 장엄하게 피워 놓은 저녁의 불꽃을 만나, 부글부글, 제대로 끓고 있다.

　밀봉된 슬픔은 유통 기한이 길다.

2부
데스 매치

눈사람

없는 사람을 보았습니다 말이 없는 사람
이해하지 않아도 되고
바람이 불어오는 먼 곳에 있는 사람

하나, 둘, 셋, 넷,
숫자와 숫자 사이로 사라지더니
눈이 마주치자
창밖으로 고개를 돌리던 사람

흰 눈이 내리고 우리는 신이 나서
없는 사람을 만들고
없는 사람 모르게 웃었습니다

없는 사람이 가끔 멀리서
우리의 세계를 바라볼 때 그는 마치
마술에 걸린 사람 같았습니다

그날 옥상에 서 있던

없는 사람이 만드는 날씨,
없는 사람이 홀로 부르던 노래,

영화가 끝나자 사람들은
세상이 다 끝난 것처럼 한동안 검고 흰 허공을 보다가
빈 팝콘 박스를 들고 뿔뿔이 흩어졌지만, 나는

아이들 어깨 너머로 천천히
얼굴과 심장이 흘러내리며 비로소 웃던
없는 사람을 생각합니다

없는 사람이 끝까지 보고 있던 것이
사람이라는 생각도
이 어둡고 쓸쓸한
영화관 복도를 지나면
곧 마주칠 햇살에 금방 녹아 버릴 테고

그렇게 없는 사람은

처음부터 세상에 없었던 사람으로
눈부시게 완성되는 것이겠지요

불편

물끄러미가 나를 보고 있다
버스를 타도 물끄러미
커피를 마셔도 물끄러미

어느 날 시장에서 졸졸 따라와
나의 공중을 떠나지 않는다

우럭과 가자미 몇 마리
손질을 기다리다 우연히 만난
무 몇 개 상추 몇 단
단출하게 바닥에 놓고 앉은
노파의 눈 속에 사는 물고기,

오래된 호수가 품은 내력인 듯
길고 긴 꼬리를 가진 물끄러미가
천천히 지느러미를 흔들며 내게로 왔다

세상 밖으로 나온 그를

직접 목격한 건 처음이었다

눈을 감았다 떠도 꿈쩍 않고
컴컴한 저녁이 되어도 도무지
제집으로 돌아가지 않는
지독한 물끄러미,

어쩔 수 없이 나는 그날부터
허공 어항에
늙은 물끄러미 한 마리를 기르게 되었다

복지과 가는 길

복도를 걷는데 등 뒤에서
달그락달그락 운다
구두 뒷굽의 구멍이 돌을 삼킨 것
노인이 걸음을 뗄 때마다 어느 날
구두를 찾아온 슬픔이 말을 거는 것이다
이 건물엔 복지과가 없다는 말은
도무지 들은 체 않고 달그락달그락,
풀 한 포기 없는 복도를 따라오며
연신 중얼중얼거린다

먼 나라 어느 부족의 주문 같은
중얼중얼, 바람이 불 때마다
어디선가 노인의 가슴이 삼킨 돌들이
정신없이 말을 거는 것이다

달그락달그락 쯤이야 거꾸로 뒤집어
탁탁 치고 그래도 안 되면
쿠폰 한 장으로 조용할 수 있겠지만

중얼중얼은 어떻게 하지

달그락달그락, 중얼중얼,
말을 탄 노인이
쉬지 않고 황야를 달린다

분명 이 세계 어디엔가
태양처럼 떠 있을,

복지과를 찾아서

나비

상가 다녀오는 길
개나리 웃고 있는데요 웃음은
살랑살랑 색종이처럼 달라붙고
얼굴이 자꾸만 우스워집니다
구름 속으로 사라지는 구름을 보며
상주가 손을 잡았을 때 죽음은
악수를 할 수 없는 손이라 생각했지요
걸음을 뒤돌아보던 개나리 떼
필사적으로 손을 흔듭니다
검은 관 위로 무심한 바람이 펄럭이고
옷깃이 자꾸만 헐렁해집니다
갓길로 등 굽은 노인이 걸어오는데요
어떤 슬픔은 녹이 슬어
다시 펼 수가 없습니다
먼 곳에서부터 달라붙는 죽음을
쿡쿡 누르며 걸어오는 지팡이
둘이 오래된 친구처럼 다정합니다
서로의 그림자를 밟던 걸음이

개나리와 손잡고 피어나는 봄날
한 줄로 그어 놓은 공중의 길
당신은 버스 창가에 앉아
지상을 보고 있네요
풀숲 위로 손 하나가 날아오릅니다
손바닥을 접었다 펼칠 때마다
웃는 얼굴이 뭉텅뭉텅 지워집니다
손이 마치 지우개 같습니다
악수란 그런 것이겠지요

사랑

산산조각의 감정이 공중에 있다. 산산조각의 감정이
지상에 내려앉지도 않고 산산조각의 감정이 숲속으로
날아가지도 않고 공중에 떠 있다. 산산조각의 감정이 산
산조각 난 성경의 말씀으로 산산조각의 감정이 산산조
각 난 아이의 눈빛으로 공중을 살고 있다. 사람들이 산
산조각 속으로 걸어간다. 산산조각이 태연하게 손을 뻗
어 눈과 귀와 입을 만진다. 어제는 어제의 산산조각을
오늘은 오늘의 산산조각을 살아야 한다. 나쁘거나, 좋거
나, 보통이거나, 공중의 감정이 새로운 질서를 구축한다.
아무것도 할 수 없다. 감았던 눈을 길게 뜨면 산산조각
난 얼굴이 공중에 있다.

데스 매치

　보건소 방역 공무원이 빈 테이블에 앉아 있는 유령을 보며 선뜻 식당 문을 열지 못하고 있고 문밖 그림자로 서성거리는 슬픔을 눈치챈 주인이 천천히 슬픔의 반대쪽으로 얼굴을 돌리고 있었다. 슬픔은 명랑해서 슬픔과 마주친 자는 모두 슬픈 눈이 생겨났고 슬픔이 본격적인 유행을 타자 당국은 슬픔이 슬픔에게 보내는 일체의 연민을 금지했다. TV를 틀면 카운트다운은 계속되었고 오로지 슬픔과 싸워 이긴 슬픔만이 다음 무대에 오를 수 있었다.

개 새끼 한 마리 오천 원

허름한 박스 안에 있는 개는 새끼였고
그것도 촌티가 자르르한 잡종 개였다
인터넷에 추억의 사진들과 함께 등장한
개 새끼와 오천 원은 은근히 우스웠고
게시물 심의를 위해 매직으로 큼직하게 쓴 글자 중
새는 모자이크 처리되어 있었다
영문도 모른 채 장터에 나온
사진 속 오천 원짜리 개 새끼가
나를 향해 고개를 돌리는데,

어느 시골집 마당에 줄줄
어미젖 빨던 새끼들 중 선발됐을 오천 원
더도 말고 덜도 말고 딱 오천 원
입학하는 막내아들 책가방이 필요했을까
병든 마누라 새 고무신과 바꾸어 갔을까
누구 집 새끼인 줄 모르지만
큰일 했을 오천 원
아무개 집 새끼 그새 마이 컸네,

새끼라는 말이 맨살로 순하게
동네를 돌아다니던 시절
식구들 둘러앉아 긁어 먹던 누룽지처럼
입에 착 달라붙던 우리들의 광고
참 고맙고 미안했던,
개 새끼 한 마리 오천 원

재래식 무기

연탄 백 장이 손과 손을 거쳐
마침내 노인의 피랑에 도착했다

가쁜 숨을 쉬던 사람들은
검댕이 가득한 서로의 얼굴을 보며
일제히 물개 박수를 쳤다

기념사진을 위해 잠시 정중앙에 선 노인은
플래시가 터지는 순간
누런 잇몸을 활짝 드러내었다

돌아가는 길,
처소에 혼자 남아 비장하게 웃는
왜소한 체구의 노인을 보며

몸에 박힌 구멍마다
스멀스멀 피어오를
뜨거운 연기를 생각한다

하루의 보급품은
연탄 넉 장,
한 달은 거뜬할 것이다

최전선의 밤하늘, 다시
총성은 고고히 울려 퍼질 것이다

맛집 옆집

긴 줄을 기다릴 수 없어 간
옆집은 한가하고
옆집은 많은 생각에 잠기게 한다
마음을 고쳐먹고 일어서려다 마침
물병과 메뉴판을 들고 나오던
주인 여자와 마주치고 말았다
눈이 마주칠 때 세상은 수평이 된다
우리는 동시에 앉았고
어른들이 읽는 동시처럼 무척 슬펐다

황량한 사막에서
조용히 음식을 기다리는 동안
낙타가 멀뚱 큰 눈을 굴리며 창밖을 지나갔다
옆집은 억울하여
깊은 한숨으로 가득 차 있다
주문한 음식을 하나둘 내려놓고
먼 나라 여인처럼 돌아앉은
옆집의 등을 본다

누군가 찾을 때마다
수학 문제 정답처럼 알려 준
맛집의 옆집에서
하루하루 살아가는 여자에게
숟가락을 든 채 돌아보며 나는
찌개가 참 얼큰하고 맛있다고 말하려다,
그만두었고 대신 눈이 시리도록
차가운 소주 한 병을 주문했다
한 번도 맛집이 되어 본 적 없는
옆집의 날들이 있다

나도 맛집 옆집에 산다

묵념

일제히 고개를 숙이고
음악이 빛 물결로 느리게 흐를 때
귀신도 모르게 지그시 눈을 뜨면
어찌 알고 오시는 발들,
낡은 소총을 어깨에 멘 무명의 군인도 있고
어디가 제자린지 두리번거리는 학도병도 보인다
교과서에 나오던 흰 두루마기를 입은
독립투사도 저기 당당히 서 있다
억울하게 죽은 민간인들은 아마도
천장에 붙어 바라보고 있겠지
올해도 산 자들의 거룩한 호명에
수십 년을 한달음에 달려오신,

모두, 바로,
일 분이나 지났을까 사회자의 구령에
허둥지둥 빠르게 사라지는 귀신들

산다는 것은 참 쉬운 일입니다

그것이 절망이거나 눈물이거나
바람 앞에 무거워진 보리 같은 얼굴이거나
세상 앞에 다시,

고개를 바로 드는 일

그 동네 가로수 길

그 동네 사람들이 잘한 일은
사람과 사람 사이가 너무 멀거나
어색하지 않게 나무를 심은 일
걸음마다 단풍을, 환호를, 푸른 바람을
음악처럼 걸어 두었지

그 동네 사람들에게 고마운 일은
나무도 나무의 보폭으로
서로의 등을 보며 계절을 건너게 한 일
울음이 쓸쓸하거나 외롭지 않게
나무와 나무 사이에는 늘 나무가 있지

어느 날 문득 그 동네 사람들을 찾아온 놀라운 일은
징검다리처럼 즐거운 걸음을 생각한 일
떠난 이가 다시 올 수 있도록
마을 입구까지 긴 마중을 심어 놓았지

그 동네에 가면 걸음이 따뜻한 길이 있어

오랫동안 스스로 허리를 키운 그리움이
엄마처럼 길게 양팔을 벌리고 있지

반구대 암각화

저 호수에 낚싯바늘을 던지면
시간의 파문이 일고
와와, 수천 년 전의 함성과 북방긴수염고래와
작살을 든 사내들이 줄줄이
공중으로 솟구쳐 오를 것 같다
망원경으로 보세요
배는 심연 속으로 가라앉고 바람은
암벽 속에 꼬리를 감추었지만
고래의 피 묻은 손이 철철
검은 아이를 받아내고
동굴 속 긴 울음을 먹여 살린
우리는 위대한 사냥꾼의 후예들,
일행 중 누군가 가늘게 탄식했다
오늘은 물에 잠겨 고래가 가져간
손목을 볼 수가 없군요
지금도 공중을 유영하는 치명적인 햇살
혹은 화살에 대하여
아무도 말하지 않았지만

우린 모두 먼 길을 돌아 여기에 왔음을 안다
암벽 속의 사내가 웃고 있었다
이곳에 오실 땐 고단한 사냥 도구는 잠시
내려놓고 오실 것
가깝고도 먼 나라를 순례하듯이
피고 지는 들국화의 걸음으로 다녀가실 것
우리는 거대한 암벽 속의 무늬들,
사냥은 영원히 끝나지 않을 테니까

검게 타 버린 생각들

나무는 그의 기막힌 생각이었다
공중으로 길게 손을 내민 생각의 가지마다
계절이 날갯짓하며 찾아왔다
햇살 눈부신 날에 생각의 이파리들은
울긋불긋 서로의 눈빛을 뽐내더니
비 오는 날이면
다 함께 어깨를 늘어뜨리고
축축한 생각에 젖었다
가끔 평온한 생각과 생각 사이로
깊고 온순한 눈망울을 굴리며
뿔 달린 사슴이 지나가거나
어디선가 불쑥 고개를 내민 다람쥐가
생각의 열매를 물고
바람처럼 달아나기도 했다
잘 자라 무성해진 생각들은 이제
갓 태어난 생각들을 돌보는 선생님이 되어
해마다 고요한 학교를 이루고 있었다
그것은 참으로 아름답고 울창한

생각의 역사였음을
그날 뒷산이 활활 타들어 가며
맥없이 쓰러졌을 때 깨달았다
순식간에 사라진 세계 앞에
그는 치매라도 걸린 듯
멍한 얼굴로 주저앉아 있었고
하늘엔 어디로 가야 할지 모르는
온통 검게 타 버린 생각들이
저들끼리 두둥실 공중에 남아
하염없이 마을의 집들을
바라보고 있었다

곡소리

사무실 건너편 숭례관 마당에
누군가 곡소리를 밟으며 차에 오르고 있다
저 소리의 결은 부드럽고 마디마다 힘줄로 이어져
어른이나 아이나 제 몸을 훌훌 벗고
하늘 저편으로 갈 수 있다
풍경이 옷깃을 여미는 시간
우리는 온기가 떠난 커피를 마시지만
조금은 더 다정해진 눈빛으로 서로의 얼굴을 본다
영혼이 사흘을 머물다 가는 지
더 붙잡을 수 있는지 알 순 없지만
물기 마른 곡소리는 이파리처럼 가벼워
가만히 듣고 있으면 현기증이 난다
하늘이 낮게 깔리고 죽은 자의 발이
구름에 올라타는 시간
멈칫멈칫 산 자의 얼굴을 돌아보는 시간
미처 남기지 못했던 말들이
꽃잎처럼 화르르 흩날리는 시간
느리게 이어지던 소리의 행렬에서

한 여인이 그만 참았던 망울을 터뜨린다
어느 돌담에 고여 있었을까
울컥울컥 기억을 찢고 가파르게 쏟아지는 울음 줄
기에
길 위의 발목들이 젖는 순간에도
책상 아래로 눈빛을 떨구는 순간에도

곡소리는 귀먹은 소처럼
꾸역꾸역 하늘길을 간다

3부
유리창에 적힌 글자

향토 예비군의 노래

나의 아름다운 먼 나라에는 노랑 스카프를 휘날리며
스쿠터를 타고 가는 삼거리다방 누나와 벙거지를 깊게
눌러쓰고 큰 쇠가위를 찰랑거리는 호박엿 장수와 공산
당보다 더 무서웠던 동네 우물귀신과 산하고 하늘하고
누가 더 푸른지 몰라도 좋았던 날들이 삐뚤삐뚤 긴 목
을 가진 골목을 끼고 사이좋게 어울려 살았다

어느 누구도 역사적 사명을 띠고 태어나지 않았지만
낡은 삼 층 교실 유리창 너머 그 장엄하고 씩씩한 노래
가 갈매기 날개처럼 울려 퍼지면 어제의 용사들이 다시
뭉친 저잣거리엔 때 이른 술판이 벌어지기 일쑤였고 당
산 풀숲에선 멧새가 새벽종이 칠 때까지 길게 울었다

수의

이렇게 함께 누워 있으니
비로소 운명이란 말이 완전해집니다

당신을 향한 모든 절망의 말들이 내게로 와
흰 눈처럼 쌓이는군요
나는 철없는 신부처럼 아름다운
죽음을 얻어 살아 있습니다

가장 적극적인 자세의 천장이
지켜보는 봄날의 오후,
문밖에는 꽃과 새들과 바람이 서성이다
돌아가겠지요

전신 거울을 볼 수 있을까요
공원 호숫길도 궁금한 날
멀뚱멀뚱 나는 두 눈을 뜨고
거룩한 당신이었다가
우스꽝스러운 나입니다

이것은 농담에 가깝습니다
나는 나로부터 멀리멀리 걸어가야 합니다
자꾸만 삶을 향해 흔들리는 나를 잊으려
당신을 따뜻하게 안습니다

그러니까 질문은 받지 않겠습니다
죽음이 슬픔을 우아하게 맞이하도록,

태도는 끝까지 엄숙하게,

동백 아가씨

엄마를 여자라고 느낀
최초의 기억은
동백 아가씨를 부를 때였다

서울의 어느 봄밤이었고
링거를 빼야 하는데
아무리 불러도 엄마가 없었다

암 병동 앞 공원 벤치에서
한 올 한 올 실밥을 꿰듯 느리게
노래하는 엄마를 보며
나는 그때 처음으로 엄마를
잃어버릴지 모른다고 생각했다

겨우내 피는 동백이
엄마인 줄 몰랐던
철없던 스물일곱의 나는
귀밑까지 푹 덮은 털모자를 쓴 채

엄마가 아버지 따라
멀리멀리 갈 것만 같아
달빛 뒤에서 몰래 울었다

김우순

김해 김씨 김우순 여사의 이름은
본래 또순이였다 또 낳았다고
또순이라 써 놓은 출생신고서를
친절한 면서기가 한자 이름으로 고쳐 준 것
우리 삼 남매는 식당 유리창에
종이로 붙여 놓은 김우순을 볼 때마다
낄낄거리며 웃었고 나는 김밥
둘째는 우동 막내는 순대를 좋아했다
김우순은 골고루 정다웠고 맛있었다
나이가 들수록 우리는 김우순이
저잣거리에 흔한 김우순이 아닌
우아한 김선녀이거나
품위를 갖춘 김난초였으면 하였지만
스무 살 김우순은 어느새
남편을 잃은 서른아홉 김우순이 되었고
딸 시집보내는 쉰다섯 김우순이 되었다가
이제 그만 여든을 앞둔 쓸쓸하고
늙은 김우순이 되고 말았다

김우순을 부축하고 시장에 간 날
당신은 문득 걸음을 멈추고
허름한 유리창에 적힌 글자를 보며 말했다
이 가게 참 오래도 한다,
평생 김우순을 버리지 않았고
한 번도 김우순을 넘어서지 않은
아름다운 두 김우순을 위하여
나는 반갑게 식당 문을 열었다
김밥, 우동, 순대, 만세!

무중력 도시

희망은 가까운 편의점에 있다
즉석에서 긁은 서로의 얼굴을
휴지통에 버릴 때
거리는 습관적으로 가벼워진다
부푼 가슴을 안고 은행에서
붕어빵을 대출한 사내가
어느 날 거리에서 사라졌다
혼자 남은 천막 위로 비가 내렸고
수요일은 진보적이어서
담장을 따라 빨간 장미들이
모처럼 길게 울었다

부자가 될 수 있는 길을 찾아
사람들은 공중을 채굴하기 시작했다
기술적인 이해 없이도
비트에 따라 춤추면 되는 일이었다
가짜 지갑이 두툼해지고
가짜 뉴스가 날개를 달며

우리는 매일매일 가벼워지고
거리는 다시,
발랄한 예배로 넘쳐났다

중력을 느끼는 법을 아세요,
한 달 만에 무거워진 얼굴로 발견된
TV 속의 남자가 말을 걸어 왔다
봄날 공원을 걷는 아이의 손에
들려 있는 풍선처럼
도시는 쉽게 당신을 포기하고
우리는 너무 가벼워서 가엾다

좀비

초점이 고정된 눈동자들,
죽어도 폼 나게 살아 있다

이리저리 목을 비틀며
우르르 왼쪽으로
우르르 오른쪽으로

마치 공장에서 대량 출시된
신상품 같다

좀비가 일상이 된 이후
거리엔 울지 못하는 사람들이 늘어났다
맹렬히 돌아다니는 그림자들,

이것은 게임 같은 것
넘어져도 다시 일어나 삶을 향해 걸어간다

죽음은 너무 우습다

지하철 문을 밀며 한꺼번에 쏟아지는
오늘의 좀비들

우리 몸에 살아 있는 죽음을 믿지 않는 한
죽음은 반복된다

죽음은 쓸쓸함마저 텅 비어 버린 몸,

죽음은 무서운 축복이다

신문

신문을 깔고 짬뽕을 먹는다
젓가락으로 면발을 들었다 내렸다
뉴스를 읽는다 후후

불어도 식지 않는 뜨거운 서술들
오늘도 신속하고 정확한 배달에 감동하며
곁눈으로 세상을 읽는다

잠시 짬뽕 국물이 흘러넘쳐
정치면의 활자들이 울컥 젖었을 때
연예면으로 그 마음을 살며시 덮어 주었다

신문의 본분은 까는 일이지만
덮는 것을 즐기는 신문도 있다

면면이 뜨거웠던 시절
신문은 세상 속으로 들어가는 문이었고
공원마다 지하철마다

큼직한 날개를 펼치던 새였다

신문이요,
울음소리가 공중에 뜨면
거리는 온통 신문이었다

신문은 어디로든 잘 흘러들었으므로
바닥의 잠이 되기도 하고
트럭을 타고 함성을 지르기도 했다
돌아보면 달동네 벽지마다
덕지덕지 붙어 함께 살아가는
신문의 생활이 좋았다

이제 뉴스는 휴대폰으로 본다
사람들은 손안에 새를 키우고
신문은 그러니까, 지금
어디로 갈지 모르는 것 같다

실수로 단무지 하나를 떨어뜨리자
오늘의 운세가 서쪽을 가리킨다
그리고… 말을 조심할 것

조용히 서로의 깃털을 닦아 주며
침묵하는 신문은 아름답다

빈 그릇을 덮을 때 살짝
구겨지는 마음이 안쓰럽지만
내일도 신문은 배달되고
신문의 역할은 역시 까는 일이다

베트남 쌀국수

죽림 탑마트
라면 코너에서

너는 한참을 신기한 듯
라면을 들었다 놓았다 다시 들었고

나는 한참을 물끄러미
쌀국수를 들었다 놓았다 다시 들었다

나라와 나라가 낳은 감정이지만
왠지 마음 한구석이 미안한 나라가 있다

다행이다,

우린 이제 서로의 입맛이 궁금한 사이

그 섬에는

목줄도 없이 떠도는 위험한 개가 많았지만
사람들은 나무 보듯 꽃 보듯 지나쳤다
파도 소리에 어둠이 겹겹 깊어져
타고 떠날 배가 없는 밤,
외로움은 외로움을 향해 함부로 짖거나
꼬리를 흔들지 않는다는 것을 알았다
섬에 온 지 달포 무렵
바람의 눈빛이 살랑살랑 먼바다를 품은 날엔
집들은 일찍 불을 끄고 저마다 깊은
침묵 속으로 걸어간다는 것도 알았다
가끔 선창가를 어슬렁거리는 정체 모를
귀신이 출몰하였으나
아무도 개의치 않았으므로 조금도
슬프거나 황망하지 않았다
누군가 길게 손가락을 뻗어
어느 먼 곳을 가리켰을 때
맑은 날에만 보인다는 섬이 떠올랐고
그제야 문득 그가

사람의 얼굴을 닮았다는 것을 알았다
섬은 서로에게 정중했다
어떤 섬은 큰 섬의 어깨 뒤에서
눈만 살짝 내밀고 있었고
서로의 손을 꼭 잡은 섬
속상한 듯 뒤돌아 앉은 섬
섬과 섬 사이를 내내 분주하게
뛰어다니는 섬도 있었지만
뱃고동이 길게 울리는 아침, 눈을 뜨면
모두들 감쪽같이 제자리로 돌아가 있었다

섬은 처음부터 섬이었다

문득 정동진

일곱 시간 달려 정동진 간다
어떤 이불 덮고 자는지
어떤 얼굴 하고 있는지
천년 세월 경주보다 먼 곳
영덕 대게 다리보다 긴 다리로
정동진을 눌러 온 시간을 짝짝 펴며
동해대로 타고 간다
어느 날의 얼굴이 젖은 연기에 울컥거릴 때
문득 트로트처럼 생각난 이름,
정동진이 정동진과 정동진을 불러들여
촬영하는 시간에도 나는
웅크리고 앉아 아궁이만 바라보는 사람
정동진도 모른 채 불꽃이 시드는 사람
아무리 뜨겁게 뒤집어도
사랑이 눈을 뜨지 않는 날에는
바람 부는 정동진에 가야지
베일에 싸인 초대장을 받은 사람처럼
개는 마당의 동백나무에게 부탁하고

일상은 잠시 전원을 꺼 두어야겠지
시곗바늘 따라 돌아가는 기차역과
먼바다를 보며 춤추는 모래,
정동진이 소년처럼 궁금한 날에는
정동진을 만나야 하지
유명 드라마 주인공처럼
푸른 바람에 옷깃 세우고
검은 선글라스 이마에 걸치고 간다
시간의 별이 빛나는 해변에서 울먹대다
마침내 밤하늘 폭죽으로 터질
얼굴 만나러
나 지금, 정동진 간다

두 번째 구두

그의 구두는 늘 반짝반짝
빛이 나고 당당했으며
심지어 뒤태까지 아름다웠다
목욕탕에서도 거실에서도
그는 구두를 벗지 않았다
구두를 신은 채 침대에 잠든
그를 볼 때마다
가족들은 하나같이 딱한 표정을 지었다
하루는 의사가 발 건강을 위해
제발 구두를 벗어야 한다고 경고했고
고개를 푹 숙인 채
끄덕끄덕하던 순간에도
그는 구두 위를 가만히 미끄러지는
흰 벌레를 보고 있었다
세상에 이렇게 아름다운 구두가 있다니,
그의 삶에 구두가 처음
찾아왔을 때만 해도
그는 세상을 다 가진 듯 행복했지만

이렇게 병적으로 구두에 골몰하진 않았다
누구나 집집마다 하나씩 있는 평범한 구두가
그에게 무서운 철갑이 된 이유는
오직 하나였는데
너무도 어이없이, 첫 구두를
잃었기 때문이라고 했다
떠난 뒤에야 비로소
내 몸이었음을 깨닫는 일
잃어버린 사랑에서
도무지 벗어날 수 없는 일
그것은 인생을, 정말로 미치게 한다

한 장의 사진

아침은 호흡이 멎은 지 며칠 만에 우연히 발견됐을 것이다. 제보를 받고 달려온 환경보호단체 회원은 끌끌 혀를 차며 셔터를 눌렀을 것이며 온몸에 검은 갯벌을 뒤집어쓰고 두 다리를 수직으로 하늘로 뻗은 채 죽어 있는 새를 조심조심 자루에 담아 갔을 것이다. 새가 지상에 남긴 마지막 장면은 리트윗과 복사하기 등을 두루 거쳐 인터넷 검색 순위에 오른 뒤 마침내 오늘 내게로 왔을 것이다.

어느 날 저녁 뉴스엔 황망한 얼굴로 갯벌에 주저앉은 노인과 시궁창 냄새에 코를 감싸 쥔 리포터가 명랑하게 등장할 것이다. 당국은 부랴부랴 조사반을 구성하고 죽음에 대한 일체의 접근을 금지할 것이며 사정에 따라 조사 결과는 늦어질 수 있겠지만 환경의 날 기념식은 예정대로 열릴 것이다. 트럭들은 여전히 굉음을 일으키며 구름 속을 줄지어 달릴 것이고 먼바다의 배들은 거대한 엔진 소리를 멈추지 않을 것이다.

여기까지가 지극히 현실적인 나의 생각이다. 덧붙여, 갯벌이 농담처럼 하루아침에 두 눈을 부릅뜬 채 죽어 버리진 않을 것이며 마법에 걸린 아이들처럼 공중의 새들이 줄지어 죽음에 내려앉거나 고대의 이름 모를 의식처럼 죽음이 죽음을 부르며 곳곳에서 장엄한 죽음의 떼가 발견되지는 않을 것이다. 끝으로, 사진은 머지않아 검색 순위에서 자진 하차할 것이다.

흰죽

순하다는 말이 어떤 풍경을 품었는지 알 것 같아
서로의 몸을 부드럽게 핥아 주는 초원을
강물에 퍼지는 무리의 살냄새를
알 것 같아

천천히 고개를 돌려 나를 바라보는 얼굴이
온몸을 글썽글썽 만져 주는 눈빛이
입술에 닿으면
나는 알 것 같아

순하다는 말이 지금 얼마나 먼 길을 돌아오는
중인지
나를 찾아서
내 몸의 냄새를 찾아서

4부

서러운 마음은

죽어도 펄펄 눈을 뜨고 있다

살구꽃이 피었다구

저녁을 먹고 일찌감치 자리에 누웠는데 김점용* 선생 전화가 왔다. 이 시인 지금 뭐 해? 네? 별일 없으면 지금 바로 대촌마을 최정규 선생 집으로 와. 네? 이 시간에 왜요? 살구꽃이 피었어… 네? 그래서요? 아, 마당에 살구꽃이 피었다구. 지금 여기 다 모였어! 올 때 막걸리 열 병을 부탁했지만 목소리에서 이미 취기를 느낀 나는 꾀를 부려 여섯 병만 사서 차를 몰고 갔다. 밤늦게까지 돈도 안 되는 몇몇 시인들이 살구와 음악과 막걸리에 취했고 재활 중이었던 그이는 모처럼의 술에 제대로 늘어진 꽃떡이 되어 집에까지 겨우 바래다 드렸다.

올해도 살구꽃이 피었습니다…

네? 그래서요?

* 시인(1965~2021).

꽃이 핀다는 것

우아하게 곡선을 유영하던 스케이트 날이
빙판을 박차고 오르던 순간
관중의 시선이 공중의 새 떼처럼 왼쪽으로 쏠리고
오, 제발, 누군가의 탄식이 푸드덕 깃털로
허공에 흩날리던 순간
고르지 않은 날씨 위성 방송을 따라
경기장 지붕 위를 흘러가던 구름도
링크 위의 음악도 해설자의 표정도 꼼짝없이 얼어
붙고
정신없이 돌던 지구가 멈추어 서던 그 순간,
순간은 기차가 간이역을 지나듯
삼십 초 정도 머물렀고
그때 나는 빙판의 빗금들이 일제히
공중 부양하는 경이로운 풍경을 보았다
얼음에 굳게 갇혀 있던 금들이 친친 감긴
빛의 실타래로 떠오르는 것
칼날이 봄을 돌고 여름을 돌아
겨울을 두 바퀴 세 바퀴 회전하는 동안

쉴 새 없이 엎어지고 넘어진
무릎을 먹고 자란 빙판 속 뿌리였다
사 년을 기다려 왔다는 인터뷰는
사 년을 팽이처럼 돌았다는 것
세상에서 가장 아름다운 곡선을 위해
무수한 시간의 빗금을 새겨 온 것
다시 세상이 열리자
그녀의 얼굴을 스치던 카랑카랑 거친 숨결이
몇 장의 꽃잎으로 촤르르
공중을 따라 돌며
비로소 선명해지던,

멸치는 힘이 세다

멸치로 태어나 멸치는 서럽다
어이없이 그물에 떼로 잡혀 서럽고
눈앞에서 서로의 죽음을 목도해서 서럽다
선창가에서 멸치가 툭툭 튈 때
모두들 정신없이 공중으로 떠오를 때
아, 멸치는 비로소 세상을 배우지만
그다음이 없어 서럽다
삽으로 퍽퍽 떠서 박스째 차곡차곡
트럭에 실리는 멸치들
코를 감싸 쥘 만큼 비린내가 심한 것은
멸족의 굴욕에 치를 떨기 때문이다
어시장 건어물 가판대에
국물용 멸치들이 쌓여 있다
죽음은 됫박으로 팔려가
어느 저녁의 식탁에 오를 것이다
서러운 마음은 죽어도 펄펄
눈을 뜨고 있어 서럽다
몸의 기억을 하나도 남김없이

쏟아낸 뒤에야
멸치는 비틀어진 죽음을 반듯이 편다
멸치는 멸공과는 아무 상관도 없다
멸치는 줄줄 바다가 흘리는 눈물
그러나 눈물은 힘이 세다
바다가 푸른 것은 다 멸치 덕분이다

신부의 아버지

　신부의 아버지가 직접 쓴 시를 낭독하고 있었다. 떨리는 목소리 사이로 봄날의 꽃가지가 흔들리고 있었고 웅성거리는 하객들의 표정이 하얗게 조명에 비치고 있었다. 그의 언어는 쉽게 의도를 드러내었고 행간의 긴장은 느슨하였으며 잦은 감탄사의 등장은 십수 년간 익혀 온 시의 불문율을 흔드는 것이었다. 또한 그의 감정은 안에서 머물기보다 밖으로 나아갔고 특별할 것이 없는 평범한 비유로 완성되었다. 그러나 나는 낭독이 끝날 때까지 조금도 숨을 쉴 수가 없었다. 행간마다 딸과 사위가 앉아 있고 휘둥그레 눈을 뜬 하객이 있고 침묵하는 피아노가 있고 남몰래 눈물을 훔치는 아내가 있었다. 그가 얼마나 그의 딸을 사랑하는지 그가 자주 걷던 동피랑 언덕을 따라 당도한 이 아름다운 봄날, 이 아름다운 꽃, 이 아름다운 시간, 한 구절 한 구절을 뚝뚝 색종이처럼 곱게 잘라서 그녀의 눈에 넣어 주고 그녀의 귀에 들려주고 그녀의 붉은 두 뺨에 흘려 주고자 하는지 보았으므로. 모두들 일어나 뜨거운 갈채를 보낼 때, 나는 얼른 집에 가 아무도 읽지 않는 시집을 찾아 따뜻한 봄볕에 내어놓고 싶었다.

가오치

사량도 첫 배가 기다리는 가오치 간다
사랑이 왜 사랑인지
가오치가 왜 가오치인지 몰라도
가오치 가는 길은 꾸불꾸불
구름처럼 기억처럼 먼 길이어서
사랑이 왜 그곳에 있는지 몰라도 좋은 것처럼
선착장이 왜 가오치에 있는지 몰라도 좋다

어느 먼 나라 바닷가
늙은 어부 이름 같기도 하고
툭 불거진 눈망울 껌벅이는
물고기 이름 같기도 한 것이어서
아무렇게나 빙글빙글 돌아가도
눈빛 순한 가오치 가는 날엔
사랑이 왜 저 홀로 섬이 되었는지 몰라도
마냥 좋은 것이다

사랑이 아니고 사량입니다,

가오치, 가오치, 당신은
물비린내 가득 품은 입술로 말하겠지만
밤새워 달빛이 내려앉고
지나는 바람이 말을 걸어도
도무지 사랑의 얼굴이 떠오르지 않는 날
사랑도 좋고 사랑도 좋은 날이
어느 날 문득 내게로 와서
새벽 불빛 쓸쓸히 머리에 이고
첫 배가 기다리는 가오치 간다

타이어 아웃 tire out

자판기에서 뽑은 커피를 마시는 동안 대리점 직원은
검은 코팅 장갑을 끼고 능숙한 솜씨로 휠에서 타이어를
분리했다 이 상태로 도대체 어떻게 타고 다녔냐며 지문
이 모두 닳아 반들반들 윤이 나는 타이어를 직원이 번
쩍 들어 보이기까지는 오 분도 채 걸리지 않았다 사고가
안 나서 천만다행이라는 혼잣말과 함께 그는 타이어의
등을 힘껏 떠밀었고 마침내 금속 얼굴을 벗은 타이어는
빈 공터를 향해 바람처럼 낙엽처럼 지그재그로 굴러가
고 있었다 세상에서 가장 헐렁한 얼굴, 아니 정확히 말
해 얼굴을 벗은 얼굴이었고 허공이 된 얼굴이었다 집으
로 오는 내내 나는 사라진 얼굴의 안쪽이 궁금했고 깊
숙이 손을 넣어 그가 굴러온 시간을 만져 보고 싶었다

폭염

  우리는 마당의 오래된 목련나무 아래 강아지를 묻
었다

  먼 데서
  냄새를 맡고 들짐승이 찾아오지 못하도록
  흙을 깊게 파서 눕히고
  돌들을 층층 얹어 놓았다

  아무 일도 없었던 것처럼
  구름이 흘러가고 있었다

  하루는 아내가 너무 덥다고 투덜대며
  파라솔을 활짝 펼쳤는데

  둥근 그늘 하나가 생겨났다

  짖지도 꼬리를 흔들지도 못하는
  멍청한 그늘,

우리나라 만세

지리산 소나무보다 남산 소나무가
솔방울을 많이 달고 있다 한다
모진 세파 바람서리에 오래 궁리한 것이고
많이 낳아 몇이라도 살리겠다며
주렁주렁 무거운 얼굴로 살아가는 것이다
동해물과 백두산을 보우하던 하느님이
마침내 때가 되었다, 하시며
그들이 두른 철갑 벗겨 준다면
어느 날 우리는 도로를 점령한
길고 긴 행렬을 목격할 것이다
서로의 손 맞잡고 걸어가는
소나무와 소나무의 긴 어깨 위로
남산 다람쥐며 도롱뇽이며 족제비 들
허겁지겁 빠르게 올라타고
놀란 참새도 구름도
앞서거니 뒤서거니 뒤따라 올 것이다
난생처음 나선 길의 이마엔
식은땀도 방울방울 흐를 것이다

뉘엿뉘엿 해거름엔
천안휴게소 즈음 자리를 잡아
가쁜 숨 고르고 흙먼지 털며
휘둥그레 쳐다보는 눈들에게 물을 것이다
여기서 지리산은 얼마나 더 가야 하냐고
아름다운 우리들의 나라는 아직도 멀었냐고

봄밤도서관

잠 못 드는 당신을 위하여 풀벌레 울음소리가 들리면
출입구는 자동 개방됩니다. 입장료는 무료이며 고요한
독서를 위해 잡담은 삼가 주세요. 백목련의 귀환, 최신
판을 읽고 싶은 분들은 산수유 가지에 걸어 놓은 달 조
명등을 사용하시기 바랍니다. 시각 장애인들은 밤하늘
에 설치한 별 점자판을 터치하시면 불편 없이 독서하실
수 있습니다. 많은 분들이 요청하신 살구꽃 향기는 다
음 주 그림책으로 나올 예정이며 지난해 대하 장편소설
진달래 개정판을 대출해 가신 분은 봄비가 오기 전에
서둘러 반납 바랍니다. 랩 마니아를 위한 특별 이벤트로
4월 중순부터 무논 시청각실에서는 개구리울음을 상
영하오니 많은 관심 부탁드립니다. 봄밤도서관은 봄밤
의 마음으로 개설되며 여러분들이 보내 주신 문자 싱숭
생숭은 차곡차곡 적립되어 도서관 운영에 큰 힘이 됩니
다. 감사드리며 아름다운 당신의 봄밤 속으로 지금 바로
입장하세요.

아내

세탁기 속에 아내가 앉아 물끄러미 속옷을 내민다.
깜빡 두고 온 차 키를 흔들며 현관에서 아내가 웃는다.
이것은 익숙한 풍경이 만든 고도의 착각일 뿐. 마침내
고요하고 감미로운 클래식 음악이 흐르는 저녁. 리듬에
맞춰 냉장고 문을 여는데 깜짝, 흰 물병을 안고 있는 유
령, 놀라 뒷걸음질 치니 얼려 놓은 곰국 봉지를 들고 두
루마리 화장지를 들고 성큼성큼 걸어온다. 주방으로, 욕
실로, 아내는 나를 끈덕지게 따라다닌다. 도저히 머리가
아파 안 되겠구나. 아내를 그만 끄고 눕는데 슬그머니
이불 속 베개가 등을 안는다. 간절한 바람처럼, 아내가
잠시 집을 비운 날 모든 사물은 아내로 변한다. 집 안은
넓고 할 일은 많다.

아내는 결코 바람과 함께 사라지지 않는다.

저녁이 온다

네가 저녁에 대해 물었을 때
먼 산 뒤에 숨어 있던 저녁이 온다
저녁은 가만히 돌아앉아
우리의 대화를 다 듣고 있었던 것
물컵에 천천히 한숨을 따를 때
비스듬히 저녁이 온다
동네 한 바퀴를 돌고 있는 저녁에게
손을 흔드니, 저 순한 어둠은
못 본 척하지 않고 나에게로 와
한 편의 시가 된다
저녁을 이야기할 때마다 어둑어둑
깊어지는 저녁의 눈빛
모닥불로 훨훨 거침없이 피는 저녁
자귀나무 이파리로 가만히 흔들리는 저녁
때로는 담장 아래 앉은 그림자로
훌쩍거리는 저녁
빙글빙글 돌아가는 저녁의 식탁에 앉아
서로의 눈을 마주하는 사람들

눈 위로 떨어지는 한줄기 빛,
혹은 오래 묵은 빛처럼 완성될
어느 쓸쓸하고 가난한 저녁을 위해
우리는 매일매일
저녁의 숨소리를 배우며 사는 것
오늘의 저녁은
일만구천칠백열두 번째 저녁,
저녁을 밟고 저녁을 넘어
물밀듯이 밀려오는 저녁
소리 없이 다가오는 사자처럼
검은 눈빛을 펄럭이며 저녁이 온다
저녁을 부르면 최초의 약속처럼
아름답고 서러운 저녁이 온다

첫눈

간호사가 일러 준 대로 빨간 선을 따라갔다
병원에 데려가 달라 한 건
처음이었다

천천히 동의서에 서명하는 사람은
위험한 눈빛을 배우는 사람
길을 잃기 쉬운 사람

잊지 말라고 그어 준 밑줄처럼
빨간 선을 따라
수속을 마치고 제자리로 왔을 때

무심한 얼굴 사이로
꾸벅꾸벅 졸고 있었다

마치 오래전부터 그곳에 앉아 기다려 온 사람처럼
한 번도 졸음에 닿아 본 적 없었던 사람처럼
편안히 졸음을 맞고 있었다

어디 가시지 말고 여기 꼭 계세요
돌아오는 길,
두 통의 전화를 했고
잠시 화장실에 들렀을 뿐인데

당신은 길고 긴 계절의 표정을
모두 지나, 어느새
황홀하게 졸음에 도착해 있었다

모든 생성을 긍정하는 사유의 진경

김재홍(시인·문학평론가)

생성과 긍정의 윤리학

가령 '영원히 회귀하는 것'이 있다고 하자(보편적 영원회귀). 삶이 죽음으로 나아가고, 죽음이 또한 삶을 낳는다고 생각해 보자. 아버지가 간 길을 어머니가 따라가고, 어머니가 걸어간 길을 아들과 딸이 뒤따른다고 하자. 마찬가지로 아들이 딸을 낳고, 딸이 아들을 본다고 하자. 이것은 끝없는 사람의 길, 삶도 죽음도 영원히 회귀한다. 그러므로 삶을 고통으로 여기는 만큼 죽음을 기뻐해야 하며, 죽음을 슬퍼하는 만큼 삶을 기쁨으로 느껴야 한다는 당위가 성립한다.

이것은 긍정이다. 무한한 긍정이자 대긍정이다. 삶도 긍정이고 죽음도 긍정이듯 모든 '일어나는 일(혹은 생성)'은 긍정이다. 여기서 긍정은 윤리적 함의를 넘어 물리적 차원에 도달한다. 생성의 존재론이자 사건의 철학은 이 세상에 일어나는 모든 것을 긍정하는 사유이다. "물리적 이론으로서의 영원회귀는 생성의 존재를 긍정한다." (들뢰즈) 사람이 생성이고, 소와 말과 돼지와 양이 생성이고, 바퀴벌레와 파리와 모기가 생성이고, 바람과 물과 바위와 산이 생성이고, 행성과 항성과 은하수가 또한 생성이다.

생성을 긍정한다는 것, 일어나는 것들의 '일어남'을 존재의 근거로 삼는다는 것은 다시 인간의 윤리학으로 돌아온다. 새벽 어시장의 소란스런 풍경을 긍정하고, 상자에 담겨 던져지는 생선을 긍정하고, 소라와 멍게와 개불과 해삼을 긍정하고, 그것을 감각하는 사람들의 시선을 긍정하는 윤리학이다. 사람을 긍정하고 사람살이를 긍정하는 일이다. 그것은 대립을 해체하는 긍정, 부정적인 것들을 모두 부정하는 긍정이다.

그러므로 생성의 윤리학은 '생성'을 선택하는 일이다. 우리는 죄악의 생성을 선택하지 않고, 죄악의 반성을 선택한다. 폭력의 생성을 선택하지 않고, 폭력의 다스림을 선택한다. 가난과 질병과 전쟁의 생성을 선택하지 않고, 그것들로부터 삶을 긍정으로 이끄는 생성을 선택한다. 이것이 생성의 윤리학이 가진 대긍정의 원리이다. 생성의 윤리학은 긍정의 윤리학이다. 이명윤의 작품이 보여주는 조용하고 따뜻하고 웅숭깊은 긍정의 세계는 자신에게 일어난 모든 생성들을 자신의 시적 윤리학으로 선택한 데서 온다.

이렇게 함께 누워 있으니

비로소 운명이란 말이 완전해집니다

당신을 향한 모든 절망의 말들이 내게로 와
흰 눈처럼 쌓이는군요
나는 철없는 신부처럼 아름다운
죽음을 얻어 살아 있습니다

가장 적극적인 자세의 천장이
지켜보는 봄날의 오후,
문밖에는 꽃과 새들과 바람이 서성이다
돌아가겠지요

전신 거울을 볼 수 있을까요
공원 호숫길도 궁금한 날
멀뚱멀뚱 나는 두 눈을 뜨고
거룩한 당신이었다가
우스꽝스러운 나입니다

이것은 농담에 가깝습니다
나는 나로부터 멀리멀리 걸어가야 합니다
자꾸만 삶을 향해 흔들리는 나를 잊으려
당신을 따뜻하게 안습니다

그러니까 질문은 받지 않겠습니다

죽음이 슬픔을 우아하게 맞이하도록,

태도는 끝까지 엄숙하게,

—「수의」 전문

이번 시집의 표제 시구를 포함하고 있는 이 작품은 그에 어울리는 이명윤 식 긍정의 윤리학을 선명하게 보여 준다. 삶과 죽음의 대립을 무너뜨리며 절망과 희망, 슬픔과 기쁨의 경계를 넘어 운명의 의미를 긍정으로 이끈다. "나는 철없는 신부처럼 아름다운/죽음을 얻어 살아 있습니다". 여기선 '철없는 신부'도 아름답고, '죽음'도 아름답다. 죽음이 아름다운 것은 삶과 분리되지 않는 하나로 인식된 때문이다. 이명윤이 수의에서 본 것은 절망과 슬픔과 죽음을 넘어서는 생성과 긍정의 힘이다.

물론 가벼이 넘겨서 안 될 점은 그 힘은 어디까지나 절망과 슬픔과 죽음을 매우 혹독하게 겪은 뒤에 얻을 수 있다는 사실이다. 더 이상 절망할 수 없을 때까지 절망하고, 더는 슬퍼할 수 없을 때까지 슬퍼한 다음에라야 경계를 넘어설 수 있는 것이다. "모든 절망의 말들이 내게로 와"라든가 "거룩한 당신이었다가/우스꽝스러운 나입니다"나 "죽음이 슬픔을 우아하게 맞이하도록"
과 같은 표현들은 「수의」에 보이는 도저한 역설적 사유
이다.

　이와 같은 사유에 깊이를 더하는 시적 장치는 무엇보
다 색色이다. 수의와 '흰 눈'과 '철없는 신부'로 표상되는
백색의 이미지가 작품 전반에 관류하고 있다. '흰색'과
그에 상반되는 죽음의 표정들을 겹침으로써 비극성을
극대화시키고 있다. 또한 여기에 봄날 오후를 서성이는
"꽃과 새들과 바람이" 삶과 죽음을 통섭하는 사유의 시
적 형상화를 날카롭게 만들어 주고 있다.

　슬픔을 넘어서는 긍정의 힘은 무엇보다 슬픔의 원인
에 대한 인식론적 전환에서 온다. 죽음은 절대적 단절이
아니라, "자꾸만 삶을 향해 흔들리는 나"를 이끌어 "당
신을 따뜻하게 안"게 하는 것이다. 심지어 나는 '죽음을
얻어' 살아 있는 존재이다. 그렇지 않은가. 삶에서 삶이
오고, 죽음에서 죽음이 온다. 삶과 죽음은 인간 존재의
동일한 두 양상이다.

　때문에 "이것은 농담에 가깝습니다"라는 시구는 짙
은 페이소스를 유발한다. 그것은 비탄에 빠져 울부짖는
헐벗은 영혼의 고통스런 표정이 아니라 어떤 탈속의 경
지를 표상한다. 그렇기에 '거룩한 당신'은 얼마든지 '우
스꽝스러운 나'가 될 수 있는 것이다. 이러한 초월의 차

원에 이르러야 "죽음이 슬픔을 우아하게 맞이하도록" 질문을 받지 않겠다고 말할 수 있다. 「수의」에 등장하는 시적 화자의 태도는 "끝까지 엄숙"하면서도 그것을 넘어서는 경지에 도달해 있다.

경계를 넘어선 자유의 표정

이명윤의 시편들은 결국 모든 가치론적 대립들을 넘어 자유를 구가한다. 삶과 죽음, 기쁨과 슬픔, 희망과 절망 등의 이분법적 단절을 넘어 차라리 그것들이 뒤섞이고 혼융되는 지경을 보여 준다. 그것은 엄숙주의가 아닌 엄숙함이자 염세주의가 아닌 비탄이며, 경박하지 않은 기쁨이자 활기 넘치는 생성의 감각이다.

"또 낳았다고" '또순이'란 이름을 얻은 어머니의 삶을 유쾌하고도 애잔하게 전개해 나간 「김우순」은 그런 관점에서 득의의 작품이다. 또순이를 '또 우又' 자를 써서 김우순으로 한역한 면서기의 자의적인 행동도 웃음을 자아내는 일이지만, '김밥―우동―순대'를 파는 시장통 식당 유리에 붙여 놓은 '김―우―순'이란 머리글자도 생활 현장에서 접할 수 있는 희극적 에피소드이다.

그러나 또순이 김우순 여사는 '우아한 김선녀'나 '품위를 갖춘 김난초'가 아니었다. 서른아홉에 남편을 잃고, 홀로 삼 남매를 키우고 가르쳤다. 그리고 "이제 그만

여든을 앞둔 쓸쓸하고/늙은 김우순이 되고 말았다". 혹
독한 신산고초가 그녀를 거쳐 갔고, 그사이 기력 쇠잔
한 노인이 되었다. 한 사람의 생애가 맞닥뜨린 고단하고
쓸쓸한 역정이 슬프면서도 슬프지 않고, 우스우면서도
결코 가볍지 않게 펼쳐져 있다.

　　　김해 김씨 김우순 여사의 이름은
　　　본래 또순이였다 또 낳았다고
　　　또순이라 써 놓은 출생신고서를
　　　친절한 면서기가 한자 이름으로 고쳐 준 것
　　　우리 삼 남매는 식당 유리창에
　　　종이로 붙여 놓은 김우순을 볼 때마다
　　　낄낄거리며 웃었고 나는 김밥
　　　둘째는 우동 막내는 순대를 좋아했다
　　　김우순은 골고루 정다웠고 맛있었다
　　　나이가 들수록 우리는 김우순이
　　　저잣거리에 흔한 김우순이 아닌
　　　우아한 김선녀이거나
　　　품위를 갖춘 김난초였으면 하였지만
　　　스무 살 김우순은 어느새
　　　남편을 잃은 서른아홉 김우순이 되었고
　　　딸 시집보내는 쉰다섯 김우순이 되었다가

이제 그만 여든을 앞둔 쓸쓸하고
늙은 김우순이 되고 말았다
김우순을 부축하고 시장에 간 날
당신은 문득 걸음을 멈추고
허름한 유리창에 적힌 글자를 보며 말했다
이 가게 참 오래도 한다,
평생 김우순을 버리지 않았고
한 번도 김우순을 넘어서지 않은
아름다운 두 김우순을 위하여
나는 반갑게 식당 문을 열었다
김밥, 우동, 순대, 만세!

—「김우순」 전문

　「김우순」을 득의의 작품으로 부를 수 있는 근거는 마지막 행에 있다. "김밥, 우동, 순대, 만세!" 생의 당당함, 인간의 자부심, 거리낄 것 없는 생활인의 거침없는 포효 같은 이 시행을 통해 일견 재미있는 이야기가 포함된 시에 그쳤을지 모르는 작품을 '경계를 넘어선 자유'의 경지로 끌어올려 준다. 늙은 김우순 여사 만세, 골고루 정답고 맛있는 김—우—순 만세!

　그렇다면 이명윤은 왜 이런 형식을 취했을까. 자연 대상에의 감정이입과 물아일체의 고요한 서정을 추구

하는 일반적인 시법詩法에서 과감히 벗어날 수 있는 힘은 어디서 왔을까. 그것은 "평생 김우순을 버리지 않았고/한 번도 김우순을 넘어서지 않은/아름다운 두 김우순을 위"한 용기였다. 시인은 지금 '두 김우순'을 완전히 자기화하고 있다. 그런 정서적 고밀도 속에서 대상을 상대화하지 않고 자신의 육성 그대로 "만세!"를 외칠 수 있었다.

　시를 '쓰는 사람'이 있고, '받아 적는 사람'이 있다. '쓰는 사람'은 미리 구상된 작의에 따라 소재와 제재와 주제를 자르고 붙이고 가공한다. 작품을 일종의 계획의 소산으로 만드는 이런 시인들에게 있어 시는 어디까지나 의지의 소산이다. '받아 적는 사람'은 시가 찾아올 때까지 기다린다. 시를 향한 열망을 품은 채 언제 만날지 알 수 없는 시신詩神을 기다리고 기다린다. 이런 시인들에게 있어 시는 언제나 우발적인 만남의 한 순간에 나타난다.

　형식의 측면에서 「김우순」이 보여 주는 파격적인 일탈은 '쓰는 사람'이라면 찾지 못했을 '한 순간의 만남'을 시사한다. 의지의 투영이 가능한 기법적 일탈이 아니라 오히려 비유나 과장이 사라진 일상어가 그것의 결과이기 때문이다. "김밥, 우동, 순대, 만세!"는 기법적 표현이 아니라 선행한 시행들과의 호응 속에서 뜻밖의 일탈이

초래된 것이다.「김우순」은 이명윤을 '받아 적는 사람'으로 만들어 주고 있다.

그날 복지사가 무심코 내뱉은 한마디에 노인이 느닷없는 울음을 터뜨렸을 때 조용히 툇마루 구석에 엎드려 있던 고양이가 슬그머니 고개를 들고 단출한 밥상 위에 내려놓은 놋숟가락의 눈빛이 일순 그렁해지는 것을 보았다. 당황한 복지사가 아유 할머니 왜 그러세요, 하며 자세를 고쳐 앉고 뒤늦게 수습에 나섰지만 흐느낌은 오뉴월 빗소리처럼 그치지 않았고 휑하던 집이 어느 순간 갑자기 어깨를 들썩거리기 시작했다. 이게 대체 뭔 일인가 싶어 주위를 둘러보니, 벽에 걸린 오래된 사진과 벽시계와 웃옷 한 벌과 난간에 기대어 있던 호미와 마당가 비스듬히 앉은 장독과 동백나무와 파란 양철 대문의 시선이 일제히 노인을 향해 모여들어 펑펑, 서럽게 우는 것이었다.
—「독거노인이 사는 집」 전문

여기 또 다른 자유의 경지가 보인다. 생물과 무생물, 사람과 동물의 모든 경계가 사라진 일의성의 화음이 울려 퍼지고 있다. 홀로 살아가는 '할머니'를 둘러싼 모든 것들이 함께하는 커다란 울림의 현장이다. 복지사가 무심코 내뱉은 말이 무엇이라도 상관없다는 듯 시인은 거두절미 할머니의 울음으로부터 시작한다. 한 사람의 울음이 모든 것들의 울음으로, 하나가 곧 모두가 되는 경이로운 풍경이 펼쳐진다. 모름지기 눈물을 유발한 복지사도 끝내 울음을 터뜨렸을 법하다.

만일 할머니 혼자서 흘리는 눈물이었다면? 작품은 '독거노인'의 쓰라린 곡절이 눈물의 원인이고, 멈출 수 없는 한탄이 결과가 되는 예측 가능한 전개로 흘러가고 말았을 터이다. 결국 「독거노인이 사는 집」은 노년의 가난하고 쓸쓸한 삶을 위무하려는 시인의 '전지적 참견 시점'에 그치고 말았을지 모른다.

하지만 이렇듯 모든 존재와 함께하는 통곡이라면 달라진다. 슬픔이 독거노인 한 사람의 것에 머물지 않고 세상 모든 존재의 그것이 되는 순간, 작품은 생성과 긍정의 거대한 협주곡으로 전환된다. 이 곡의 연주자는 할머니와 고양이와 놋숟가락과 집이다. 또 오래된 사진과 벽시계와 옷옷 한 벌과 호미와 장독과 동백나무와 양철 대문이다. 「독거노인이 사는 집」은 각자가 자신의 악보를 연주하면서도 하나의 곡으로 종합되는 협주곡의 일의적 화음을 실감 나게 구현하고 있다. 이것이 가치론적 대립들을 넘어 진정한 자유를 구가하는 이명윤의 시적 특질이다.

서정의 분류학

아리스토텔레스의 전통에 따른 분류학에 반기를 드는 것은 쉬운 일이 아니다. 물리학적으로도 생물학적으로도 역사학적으로도 그렇다. 그렇지만 시는 다르다. 얼마든지 부수고 접고 비틀 수 있다. 또한 붙이고 펼치고 바로잡을 수 있다. 시가 만일 세계를 분류한다면 그것은 시인의 감각에 투영된 세계, 변형되고 재해석된 세계일 수밖에 없다. 시인의 분류학은 감각적이고 자의적이고 우발적이다. 그것은 생성의 분류학, 긍정의 분류학이다.

보르헤스가 인용한 '어떤 중국 백과사전'에 따르면, 동물은 열네 가지로 분류된다. (1)황제에게 속하는 것, (2)향기로운 것, (3)길들여진 것, (4)식용 젖먹이 돼지, (5)인어人魚, (6)신화에 나오는 것, (7)풀려나 싸대는 개, (8)지금의 분류에 포함된 것, (9)미친 듯이 나부대는 것, (10)수없이 많은 것, (11)아주 가느다란 낙타털 붓으로 그린 것, (12)기타, (13)방금 항아리를 깨뜨린 것, (14)멀리 파리처럼 보이는 것 등이다.

히포크라테스와 아리스토텔레스를 비웃는 듯 기존의 지식 체계를 무너뜨리고 상식을 배반한다. 동물 분류라기보다 단순한 열거이거나 농담에 가까워 보인다. 각 항목들을 "연결할 공통의 바탕 자체가 무너져 있다." (푸코) 이들에게는 '공존의 궁전'이 없다. 어쩌면 오직 언

어로만 묶을 수 있는 비물질적 분류표인지 모른다. 바로
이 지점에 전통적 분류학을 넘어설 수 있는 시적 분류
학의 가능성이 있고, 생성을 긍정하는 이명윤 식 분류
학의 합리성이 있다.

고라니가 운다 오래전
이불 밑에 묻어 둔 밥이라도 달라는지
마을의 집들을 향해 운다
사람의 울음을 고라니가 우는 저녁
몸속 울음들이 온통 애벌레처럼 꿈틀거린다
수풀을 헤치고 개울을 지나
울타리를 넘어 달려오는
울음의 발톱이 너무도 선명해서
조용히 이불을 끌어당긴다
배고파서 우는 소리라 하고
새끼를 찾는 소리라고도 했다
울음은 먼 곳까지 잘 들리는 환한 문장
지붕에 부뚜막에 창고에 잠든
슬픔의 정령이 일제히 깨어나는 저녁
나는 안다 마당의 개도 목련도
뚝 울음을 그치고
달도 구름 뒤에 숨는 오늘 같은 날엔

귀먹은 뒷집 노인도

한쪽 손으로 울음을 틀어막고

저녁을 먹는다는 것을

—「고라니가 우는 저녁」 전문

이명윤이 듣고 있는 소리는 고라니의 울음이다. 누구
는 배고파서 우는 소리라 하고, 누구는 새끼를 찾는 소
리라고도 한다. 그 울음은 너무나 강렬해 "온통 애벌레
처럼 꿈틀"거리는 듯하고, "수풀을 헤치고 개울을 지나/
울타리를 넘어 달려오는" 발톱처럼 느껴진다. 그런 짐승
의 울음은 시인에게 "이불 밑에 묻어 둔 밥"을 달라는 뜻
으로 이해된다. 이는 문장文章이자, 문장紋章이다. 의미
를 담은 문장이자 배고픔을 상징하는 문장이다. 간절하
디 간절한….

이 짐승의 이름(학명)은 '사람의 울음을 우는 고라니'
이다. 그러니까 사람과 소통할 수 있는 '고라니'라는 첫
번째 의미가 있고, 고라니처럼 근원적인 결핍을 함께하
는 '사람'이라는 두 번째 의미가 있다. 여기서 고라니는
동물계-척삭동물문-포유강-우제목-사슴과-고라니
속의 한 종이 아니다. 마찬가지로 애벌레도 개도 목련도
달도 전통적인 분류학의 경계를 훌쩍 넘어선다. 그들은
"한쪽 손으로 울음을 틀어막고/저녁을 먹는" 노인과 같

은 존재들이다. 이것이 이명윤 식 '서정의 분류학'이다.

멸치로 태어나 멸치는 서럽다
어이없이 그물에 떼로 잡혀 서럽고
눈앞에서 서로의 죽음을 목도해서 서럽다
선창가에서 멸치가 툭툭 튈 때
모두들 정신없이 공중으로 떠오를 때
아, 멸치는 비로소 세상을 배우지만
그다음이 없어 서럽다
삽으로 퍽퍽 떠서 박스째 차곡차곡
트럭에 실리는 멸치들
코를 감싸 쥘 만큼 비린내가 심한 것은
멸족의 굴욕에 치를 떨기 때문이다
어시장 건어물 가판대에
국물용 멸치들이 쌓여 있다
죽음은 됫박으로 팔려가
어느 저녁의 식탁에 오를 것이다
서러운 마음은 죽어도 펄펄
눈을 뜨고 있어 서럽다
몸의 기억을 하나도 남김없이
쏟아낸 뒤에야
멸치는 비틀어진 죽음을 바듯이 펴다

멸치는 멸공과는 아무 상관도 없다
멸치는 줄줄 바다가 흘리는 눈물
그러나 눈물은 힘이 세다
바다가 푸른 것은 다 멸치 덕분이다
　　　　　　　　　—「멸치는 힘이 세다」 전문

　"굳어지기 전까지 저 딱딱한 것들은 물결이었다"로
시작하는 김기택의 「멸치」도 있지만, 바로 그 멸치를 이
처럼 대상화시키지 않고 완벽히 동일화한 자리에 이명
윤의 '멸치'가 있다. 멸치로 태어나 '서럽고 서러운' 멸치
는 살아서 "박스째 차곡차곡/트럭에 실리"고, 죽어서
"됫박으로 팔려가/어느 저녁의 식탁에" 오른다. 서러운
마음은 죽어서도 펄펄 눈을 뜨고 있어 더욱 서럽다. 멸
치는 끓는 국물에 담겨 "몸의 기억을 하나도 남김없이/
쏟아낸 뒤에야" '죽음'을 반듯이 편다.
　그럼에도 「멸치는 힘이 세다」고? 그토록 서럽고 서러
운 삶과 죽음 끝에 펄펄 끓는 국물에 빠져서야 겨우 몸
을 펴는 멸치가 '힘이 세다'고? 그렇다! 그 멸치는 바로
"바다가 흘리는 눈물"이기 때문이다. 이명윤에게 멸치
는 멸치가 아니다. 멸치는 바다와 구별된 존재가 아니라,
바다 그 자체(눈물)다. 거대한 "바다가 푸른 것은 다 멸치
덕분이다". 멸치는 그만큼 힘이 세다.

이명윤 식 분류학에 따른 멸치의 이름(학명)은 "바다가 흘리는 눈물"이다. 그러니까 사람처럼 눈물을 흘리는 '바다'라는 첫 번째 의미가 있고, 바다와 같은 근원적 슬픔을 겪어야 하는 '사람'이라는 두 번째 의미가 있다. 이렇게 전통 분류학이 구축한 차이와 구별을 넘어 모든 대칭과 대립을 무너뜨리고 경계를 뛰어넘는 것이 서정의 분류학이다.

'하셉'과 '하셉들'의 일의성

일의적이라고 하는 것, 무한히 일어나는 생성을 하나로 묶는 것, 여럿과 하나를 구별하지 않는 데 일의성의 비밀이 있다. 여럿 안에 하나들이 있고, 하나 안에 여럿이 있다. 여럿은 하나이고, 하나가 여럿이다. 그러므로 "모나드는 타자가 출입할 수 있는 창문들을 가지고 있지 않다."(라이프니츠)는 명제가 성립된다. 온 세상을 다 포함하고 있는 '하나'는 바깥이 따로 없으며, 그렇기에 외부를 향한 창문이 필요 없다.

사람 안에 사람들이 있고, 고라니 안에 고라니들이 있고, 멸치 안에 멸치들이 있다. 세상은 하나가 아니며, 또한 모래알같이 고립된 여럿들도 아니다. 온 세상을 포함한 하나가 있고, 하나 안에 온 세상이 들어 있다. 일의성이란 하나들과 여럿의 주름과 펼침의 세계를 표상한다. 이렇게 모든 것은 주체가 된다. 타자(객체)가 없는 완벽한 1인칭의 세계, 대칭과 대립이 사라진 절대적 긍정의 세계가 있다.

그러므로 '타자 없는 주체'는 무언가가 드나들 수 있는 창을 가질 필요가 없다. 모나드의 존재론은 어느 것도 외로운 타자로 만들지 않는 진정한 하나들이자 여럿을 가능케 한다. '하셉'과 '하셉들'의 건강하고 힘찬 활력을 표현하고 있는 「안녕 하셉」은 이명윤이 그리는 시적 일의성을 매우 실감 나게 보여 준다.

> 출근길 두 팔을 힘차게 흔들며 지나가는
> 길 위의 하셉, 안녕 하셉
> 하셉은 듣지 못한다
> 나는 창문을 닫고 중얼대니까
>
> 어느 먼 나라에서 온 한 눈에도
> 건강한 하셉 턱수염이 멋진 하셉
>
> 오늘도 어제처럼 멋진 작업복을 입고 걸어가는
> 길 위의 하셉, 안녕 하셉
> 하셉은 알지 못한다
> 내가 만든 이름이니까

한동안 하셉이 궁금했다 출입국사무소

점심 메뉴가 궁금한 것처럼

몸이 아파도 하셉은 울지 않을 것 같다

울어도 소용없겠지

하셉은 너무 흔한 이름,

저기 씩씩하게 걸어오는 하셉

얼굴이 바뀐 하셉

최선을 다해 걷는 하루는 어떤 감정일까

하셉의 출근길을 번역할 수 없다

출근길은 너무 멀고 하셉은 계속될 테니까

창문 너머 사는 나라

길 위의 하셉,

안녕, 우리들의 하셉

—「안녕 하셉」 전문

이 작품에서 '하셉'은 자신에게 '안녕 하셉' 하고 인사
하는 말을 듣지 못한다. 시적 화자가 창문을 닫고 중얼

대기 때문이다. 또 들을 수 있다 하더라도 '하셉'은 알지 못한다. 그 이름은 화자가 지은 것뿐이니까. '하셉'은 얼굴도 자주 바뀐다, 하나가 아니라 여럿이기에. '하셉'은 "너무 흔한 이름", 여기도 하셉, 저기도 하셉, 하셉들이 넘쳐난다. 이것은 오늘날 우리의 현실이기도 하지만, 일의성의 세계에선 언제나 그러했고 앞으로도 영원히 그러할 것이다.

이명윤의 일의적 사유는 하셉을 타자화시키지도 상대화시키지도 않는다. 하셉은 어디까지나 **"우리들의 하셉"**(강조–인용자)이다. 그(들)는 씩씩하고 활기차게 "두 팔을 힘차게 흔들며" 출근하는 사람이다. 그 활력을 받쳐 주는 음악적 리듬이 있다. '길 위의 하셉', '안녕 하셉'이라는 밝은 호명이 작품 전반에 여러 차례 반복되고 변주된다. 노동자 하셉의 활기찬 기운과 시행의 리듬이 호응하면서 작품은 한 편의 생기발랄한 회화가 되고 있다.

「안녕 하셉」은 '하셉'과 '하셉들'의 당당한 1인칭을 통해 모두가 주체가 되는 일의적 세계를 보여 주고 있다. 이 것은 「수의」와 같은 작품에서 보여 준 생성과 긍정의 윤리학과 다른 게 아니며, 「김우순」이나 「독거노인이 사는 집」에서 보여 준 바와 같은 경계를 넘어선 자유의 표정과 다른 것도 아니다. 마찬가지 맥락에서 「고라니가 우는 저녁」과 「멸치는 힘이 세다」가 보여 준 대로 대칭과 대립을 무너뜨리고 경계를 뛰어넘는 서정의 분류학과도 연결됨은 물론이다.

　요약건대 『이것은 농담에 가깝습니다』에서 보여 주는 이명윤의 시 세계는 세상에서 '일어나는' 모든 생성을 긍정하는 사유의 진경이다. 이것은 그가 이미 상재한 『수화기 속의 여자』와 『수제비 먹으러 가자는 말』에 잠재된 바이며, 이번 시집에 포함된 「억새들」, 「나비」, 「묵념」, 「곡소리」 등 많은 작품에서 확인할 수 있는 바이기도 하다. 독자들은 앞으로 이명윤이 펼쳐 보일 대긍정의 시적 사유가 흘러가는 물줄기를 지켜볼 일이다.

이것은 농담에 가깝습니다

2024년 3월 27일 초판 1쇄 펴냄
2024년 4월 16일 초판 2쇄 펴냄

지은이   이명윤

펴낸이   김성규

편집   김안녕 한도연

디자인   신아영

펴낸곳   걷는사람

주소   서울 마포구 월드컵로16길 51 서교자이빌 304호

전화   02 323 2602

팩스   02 323 2603

등록   2016년 11월 18일 제25100-2016-000083호

ISBN 979-11-93412-35-0 04810

ISBN 979-11-89128-01-2 (세트)